KB023963

반대편으로 걷고 싶을 때가 있다

반대편으로 걷고 싶을 때가 있다

■

김윤현 시집

한티재

차 례

2부 어둠이 빛나게 하네

3부 접속은 자주 하면서 접촉은 잘 하지 않는

4부 그냥 지나가다니요

1부

달아나는 것이 아니라 다가서는

도배공 김 씨

모두가 벽을 만나면 돌아설 때
그는 벽을 찾아다닌다

모두가 벽이 앞길을 막아선다고 할 때
그는 벽 앞에서 삶을 막아 낸다

산다는 것은 어떻게 하느냐보다
무엇을 하는가에 달려 있다며

모두가 벽을 만나면 고개 숙일 때
그는 꽃무늬 든 벽지를 바르려 고개를 든다

오래된 벽지처럼 빛바랜 삶의 언저리에 꽃무늬 넣으려
벽에 다가서 보는 것이다

쑤시는 몸에 파스 바르듯
한 겹 한 겹 벽지를 날렵하게 바르며
허술해진 삶을 벽처럼 바로 세워 보려는 것이다

풀 묻힌 솔로 자신의 키보다 더 긴 벽지 바르다 보면
벽은 막다른 골목이 아니라
입에 풀이 부족했던 생을 막아 보려는 그에게는 시작점이 되었다

달아나는 것이 아니라 다가서는

장미가 가시 사이에서 꽃을 피우듯
벽 사이에서 삶을 막아 내는 도배공 김 씨

그는 우리들의 든든한 벽이다

청암사의 가을

수도산 너머로 여름을 속절없이 보내고
청암사 가을 들면

청암사 오르는 초입에서
들깨 조 도토리 밤 취나물이며 플라스틱병에 담긴 겨우살이 효소까지
저들끼리 합세하여
등 굽은 할머니를 좌판으로 불러낸다

할머니 여생 같은 가을 하루해
수도산 너머로 다할 때까지
할머니를 집으로 보내 주지 않는다

청암사 주변 가을을 청암사가 관여할 일은 아니겠지만

청암사에서 들려오는 희미한 목탁 소리

가을 다 지도록

임자 만나지 못한
들깨 조 도토리 밤 취나물이며 겨우살이 효소가
온기도 없는 뒷방에 물러나 겨울날 때면

겨우살이 할머니 등은 불전 앞에서처럼 더 굽어지리라

청암사 오르는 발길 점점 뜸해지자
가을은 청암사 초입에서 걱정이 점점 깊어 간다

청암사 주변 참나무 가지에서는
겨울에도 겨우살이 열매가 여물어 간다는데

도도여, 도도여!

모리셔스에서 서식하던 도도는 어디로 갔나

천적이 없어 날아다닐 필요가 없게 되자
점점 작아지다가 퇴화한 날개
도도는 적이 다가와도 어디로 날아갈 수도 없었지
비행 능력을 상실한 채
정복자들의 탐욕스러운 눈을 피해 숲속으로 숨을 수도
없었지

바다에 몸을 맡겨 바다처럼 푸르렀던 모리셔스*
죄수들의 유형지가 되면서
파도처럼 휘몰아쳤던 인간들의 포획 남획
도도의 낙원이 도도의 유형지가 되고 말았네
죄수 같은 인간들의 발길에 도도는 희귀종이 되었다가
끝내 자취를 감추고 말았네

칼바리아 열매를 먹고 살던 도도
도도의 소화기관을 통해서만 번식되었던 칼바리아

도도가 멸종되면서
칼바리아의 운명도 캄캄해졌었네
어디로 가야 그들을 볼 수 있나

다행히 칠면조가 대물림하면서
칼바리아는 회생하여 도도나무라 불리지만
도도는 끝내 모습 볼 수가 없었네

자연에 도도했던 현대인들은 이제 도도가 되어 가는 줄도 모르네
모르네, 모리셔스
노을처럼 사라진 모리셔스의 도도여!

* 아프리카 동쪽 인도양 남서부에 있는 섬나라.

잠들지 못하는 겨울

이제는 겨울에도 어는 일이 쉽지 않은 세월
모두가 잘못될 것에 대하여 겁이 없어졌다
전기를 믿고 난방 기구를 믿고
원자력 발전을 조상처럼 믿어
춥지 않은 겨울에 대하여 겁이 없어졌다
북극에서는 빙산이 녹아내려
북극곰은 녹아내린 얼음에 발걸음이 둥둥 떠내려가고
빙하 속 바이러스가 살아나 순록이 쓰러지고
꿀벌이 떼로 죽어도
그다음 누가 죽을지 겁이 없어졌다
겨울 아파트에서는 반팔 티 입고
맛집을 검색하여 시켜 먹으며 겁이 더 없어진 사이
얼음 아래서 조용히 겨울을 지내려던 쉬리 갈겨니
얼음이 얼지 않아 잠들지 못하는 겨울
이제는 겨울도 따뜻하게 죽어 가고 있다
그다음 누가 죽을지에 대하여
모두가 겁이 없다 없어졌다

물처럼

물은 제멋대로 흘러가지 않습니다
비켜 가야 할 산을 만나면 산을 비켜 가고
허물고 가야 할 둑이 있으면 허물고 갑니다
순응이 세상 건너는 길이라는 듯이
거역이 세상 이루는 이치라는 듯이
어떻게 흐르는 물이든 흐를수록 맑아집니다
또 어디에서는 저도 모르게 깊어집니다
우리도 물처럼 흘렀으면 합니다

중얼중얼

세상은 단단하기보다 몰랑몰랑했으면 좋겠어
제도보다는 약속 같은 거
언제 어디에서도 대답보다 의문이 많았으면 해
볼 수 있는 안전함보다 보이지 않는 불안에서 빛을 찾는
통과하기보다 걸쳐 두어 여유를 찾는 세상
앞으로 달려가기보다 뒤로 물러나 있는 것이 더 따뜻해 보이거든
세상은 주장하는 만큼 곧아지지 않는 거야
결정은 그렇게 쉽게 나는 것이 아니지
가령 내가 오랫동안 밖에 있으면 밖은 또 안이 되듯이
무소유는 아니더라도 때로는 뺄셈이 더 편하지
치수 큰 옷처럼 좀 헐렁한 건 어떨까
지금 도시는 체중 조절에 실패하고 있지
비만은 일방통행이어서 불편해
이제 느리게 산다는 건 축복이야
비보다 눈 오는 날이 더 가슴 뛰는 건 어쩔 수 없지
잠이 들 때가 깰 때보다 더 개운하지
판단하는 존재가 아니라 고민하는 존재가 꿈이지

아는 게 힘인 것보다 모르는 게 약이라

그런 뭐뭐뭐!

지름길

지름길은 가장 가까운 거리로 가는 길이 아니다
시간이 더 걸려도 힘이 더 들어도
가고 싶은 곳에 닿을 수 있는 길이 지름길이다
실험도 시행착오도 실패도 다 지름길로 가는 계단이다
지켜보는 것도 명상에 잠기는 것도 지름길이고
다리가 아프면 쉬면서 가는 길도 지름길 중 하나다
겨울잠도 개구리에게는 봄으로 가는 지름길이고
산자락을 돌고 돌아 구불구불 흘러가는 강도 강물에겐 지름길이고
깊은 계곡도 깎아지른 듯한 절벽도 구름에겐 산을 건너는 지름길이다
시간을 죽이며 빈둥거리는 것도 시인에게는 지름길의 시간이다
그러고 보니 나도 빠르게 이르는 길을 걷지 않았으니
나름 지름길을 걸어온 셈이다

복개천을 지나며

이젠 덮어 두자
저들은 저들대로 흘러가도록 이젠 덮어 두자
어둠이라 이름 달지 말자
꽃을 꽃이라 보지 못하여 생긴
우리가 내다 버린 어둠이 아니었던가
꽃이 지는 걸 받아들이듯
이 도시를 다 빠져나갈 때까지 덮어 두자
어둡다 비관하지 말자
어둠만이 어둠을 껴안아 줄 수 있음을 믿으며
그 위를 걷자
다가오는 햇볕을 쬐며

들꽃행

들꽃 핀 곳으로 가자
싸움은 없고 평화가 피어 있는 곳
시기와 욕심과는 담을 쌓은 곳
높고 낮음을 구별하지 않고 저마다 생을 즐기는 곳
들꽃을 배우러 들로 가자
담을 쌓지 않고 문을 달아 스스로 고립되지 않는 곳
고개만 내밀면 이웃이 손에 잡힐 듯 가까이서 사는 곳
내디딜 만큼만 차지하는 곳
바람도 장마도 구름도 함께하고
공기도 햇볕도 물도 같이 나누는 곳
들꽃이 피우는 평화의 꽃
들꽃이 조성하는 평등의 향기
들꽃이 심어 둔 겸손의 뿌리
우리는 들꽃에게 매일 등교하듯 달려가야 한다
우리는 들꽃에게 달려가서 배워야 한다
우리는 들꽃에게 배워서 들꽃처럼 실행해야 한다
우리는 마침내 들꽃이 되어야 한다
평화의 뿌리를 내려야 한다

그리하여 들꽃처럼 무기를 버리고 맨손으로 살아야
한다
우리는 그렇게 살아야 한다

풀꽃의 의지

폭우가 쏟아져도 폭우가 쏟아져 산사태가 나 살던 곳 다
무너져도 생판 낯선 절개지 어디서라도 다시 꽃을 피울
것이다

산불이 나서 산불이 나 줄기와 잎이 다 타도 뿌리 하나
로 땅속에서 불길 지나갈 때까지 견딘 후 다시 꽃을 피울
것이다

전쟁이 나도 전쟁이 나서 떨어지는 폭탄에 뿌리가 다쳐
도 군홧발에 짓밟혀 온몸이 상처투성이가 될지라도 꽃을
피울 것이다

폭설에 혹한이 닥쳐도 울지 않고 종이 같은 나뭇잎 몇
장 덮고 견디고 견디다가 봄을 알리는 꽃을 피울 것이다

그리하여 마침내 벌과 나비들이 흥에 겨워 윙윙 팔랑팔
랑 날아오르게 할 것이다

그대여, 맨몸으로 오라

남녘의 그대여, 맨몸으로 오라
북녘의 그대여, 발가숭이로 오라
가진 것 다 허물고 발가숭이 맨몸으로 오라
그리하여 우리 다시 만나자
내 것 네 것 다 보따리처럼 내려놓고
만나서 그려 보자, 우리
영원히 살아야 할 곳 한반도에서
자식들이 서로 얼싸안고 축구라도 한판 하며 함께 땀 흘릴
손주들이 고사리손 서로 잡고 소풍이라도 갈
그림을 그려 보자
어른들은 평양에서 랭면으로 점심을 먹고
서울에서는 저녁으로 설렁탕 건네며
목청껏 아리랑을 불러 볼 그림을 그려 보자
그렇지, 숨겨 놓은 쇠붙이부터 내려놓고
권력도 지위도 명예도 헌 옷처럼 풀어헤치고
맨몸으로 만나자
만날 때 그릴 그림의 색깔을 미리 정하지 말고

밑그림도 미리 그려 오지 말자
지난날의 어두웠던 그림자를 제쳐 두고
우리 따듯한 손을 잡고 백지에 같이 그려 보자
우리의 평화를
우리의 희망을
우리의 미래를
퍼즐처럼 맞추면서 그림을 그려 보자
누천년 유유히 흘렀던 대동강처럼 맑고
단군 이래로 부단히 흐르고 있는 한강처럼 영원할
학처럼 단정하고 무명 저고리처럼 때 묻지 않을
우리, 우리의 꿈을 그려 보자
휴전에서 종전으로 이어질
종전에서 평화로 빛날 그림을
멀지 않아 낡아질 화폭에다 그리지 말고
우리 남북, 우리 북남 하나의 반도 크나큰 반도 한반도가 다시 세계 평화의 시발이 될 평화의 꽃그림을 우리의 가슴 가슴마다에 그려 보자
그리하여 다시는 사그라들지 않을 평화, 그 먼동을 틔

우자

우리 힘차게 틔워 보자

그러고 나서 남녘의 그대여, 북녘의 그대여 다시 맨몸으로 만나자

만나서 따스한 봄날을 마음껏 누려 보자

그대, 우리!

호찌민에 와서 생각함

지금 사촌 형님은 다리가 아프다
농사짓던 고향 산천 두고
뚜렷한 미움도 분노도 없이 총알 퍼부었던 고국 만 리 정글
죄 없이 산 사촌 형님에게는 늪이 되었다
아픈 다리만이 노여움으로 남은 채
총대 겨누었던 곳 어디였나

낮이면 낯 뜨거운 충군이 되어 방아쇠 당기고
밤이면 무거운 죄인이 되어 쫓겼던 기억
사촌 형님은 늪에서 빠져나올 수가 없었다

포탄 둘러매고 상륙했던 나라
이제는 메이드 인 코리아 쑥쑥 뽑아내는 공장으로 출근하는 오토바이 물결 속으로
그 상흔은 다 흘러들었는지

전장에서 쏘아 댔던 화염처럼

술집에서 빔으로 쏟아 내는 부이비엔 불빛 거리

국적도 알 수 없는 사람들로 붐비는 호찌민은
과거를 잊어버렸나
농사일만 골몰하느라 이제는 파병 시절을 잊었듯이
깡그리 잊어버리고 싶었나

지금 호찌민은 생활이 편안해지고 사촌 형님은 생활이 불편하다
지금 호찌민은 활기 넘치고 사촌 형님은 거동이 불편하다

농사짓다가 마흔이 넘도록 장가도 가지 못한 조카
수만 리 호찌민 처녀를 며느리로 받아들이는 게 어떠냐는 말에
지금 사촌 형님은 다시 다리가
아니 머리가 지끈 아프다

세한도

추사를 기리며

춥다고 세상이 다 어는 건 아니지

연적에서 물 내려 먹을 갈고 갈아
바람 많은 곳에서 바람 타지 않는 소나무를 그려 본다

눈바람 서리에 가지가 휘거나 꺾여도
잎 청청 여전한 잣나무도

오지 않는 새를 더 이상 그리워하지는 말아야지

구름이 비를 몰고 어둡게 온다 해도
구름 위는 빛이 쨍쨍하지 않은가

먹물 잘못 들이면 돌이킬 수 없다는 걸 알기에

산 높고 바다 깊음을 가슴에 담아
먹물을 찍어 화선지에다 노여움을 풀어 본다

흘러온 구름도 언젠가는 흘러가기 마련이라고
추워도 세상이 다 어는 건 아니라고

남북 또는 북남

새싹들은 남에서 북으로 백두까지 올라가면서 연두로 돋아나고
단풍들은 북에서 남으로 한라까지 내려오면서 울긋불긋 물들어
남북 또는 북남은 세상에 없는 빼어난 강산이 되고 있다
남쪽 사람들은 북으로 올라가다가 막히고
북쪽 사람들은 남으로 내려오다가 막혀
남북 또는 북남은 세상에 없는 허리 잘린 강산이 되고 있다
우리가 연두 새싹이 안 된다면
우리가 울긋불긋 단풍이 될 수 없다면
남북 또는 북남을 일시에 하얗게 덮어 버리는 폭설이라도 기대해서는 안 되나
오다 말다 녹아 버리는 진눈깨비는 말고

가위바위보 세상

가위바위보!
가위바위보!
가위를 냈다가
상대가 보를 내면 이기고 바위를 내면 진다
바위를 내거나 보를 내도 이기고 지는 건 마찬가지다
그렇다, 세상은 이겼다 졌다 하는 곳
이기기만 하면 밤이 없는 낮의 세상이 되고
지기만 하면 낮이 없는 밤의 세상이 되지
낮과 밤이 있어 온전해지는 세상
이기기만 할 수도 없고 지기만 하지도 않는
가위바위보 세상이 세상이지

반대편을 향하여

요즘 와서는
자꾸만 반대편이 그리워진다
내가 볼 수 없는 또 다른 나
육체를 건너뛴 그 너머 영혼
질문에 대한 엉뚱한 응답이며
지구 반대편에 사는 사람들과 풍경
아아, 낮에는 별이 하늘을 가득 채우는 밤이 그립고
더 이루려는 미래보다 없어서 더 정겨웠던 과거
내세우기만 했던 앞보다 받쳐 주기만 한 뒤가 더 그립다
너무 나아가기만 했던 걸까
자꾸만 반대편으로 걷고 싶을 때가 있다
햇볕을 쬐려 나아가기보다 햇빛이 들 때까지 기다리며
무엇을 뒤집어 보려는 걸까
반대편을 향하는 그리움이 내게는 있다

들꽃

골조 같은 이데올로기 세우지 않고

좌우 구분 없이 살아온 이력에

이구동성으로 아름답다 하네

말고

물이 많아 이젠 됐다 싶을 때 더해지는 물 같은 관심 말고

이만하면 따뜻하다 싶을 때 더해지는 온기 같은 친절도 말고

배고프지 않을 때 건네는 한술 밥 같은 인정도 말고

땀을 다 식혔다 싶을 때 드리워지는 그늘 같은 다가섬도 말고

어둠에서 다 빠져나왔을 때 내미는 손길 같은 도움도 말고

지루한 장마 끝에 더 뿌려지는 빗줄기 같은 사랑도 말고

제2부

어둠이 빛나게 하네

별을 읽다

촌수 먼 친척이 그럴까 별이 아득합니다

새로 산 시집처럼
어떻게 하면 저 별을 가슴 설레게 읽어낼 수 있을까요

떠나지 않는 별도 있고 떠돌이별도 있어
시행을 넘나드는 시어 같기도 합니다

별은 멀리 있어서 우리가 도달할 수가 없습니다
삶을 등진 시도 도달하기 어려운 건 마찬가지겠지요

촌수 먼 친척도 다 알 수 없는데
그 많은 별을 어떻게 시처럼 읽어낼까요

별과 별 사이에는 어둠이 도사리고 있지만
시행과 시행 사이에는 어둠을 어루만지는 가슴이 있을까요

캄캄한 하늘에서 반짝여 주는 것만으로도
별 읽기는 그만이겠습니다

시집이 눈에 띄는 것만으로 기분 좋은 일이니 말입니다

별이나 시나 다 같이 어둠에 빛을 스며들게 해주는 거라
읽어도 될까요

중심과 중용

변하지 않는 것들의 가운데를 중심이라 한다면
변하는 것들의 가운데는 중용이라 하겠네
중심은 편안해 보이고 중용은 깊어 보이네
중심은 가장자리를 이용하지만
중용은 가장자리도 품어 주지
자연은 중심 잡는 일이 일상이겠지만
중심에서 머물지 않고 중용으로 가는 건
사람의 일이겠네
살아갈수록 중심에 머물려고 하다가
중심도 제대로 잡지 못하는 때가 종종 있었네
괜찮은 사람으로 살기가 그리 쉽지 않네

높은 산

능선이 계곡을 받아들여 더 든든해지고
정상은 절벽을 품어 더 높아지는 걸
산은 알고 있는 것 같다
저 혼자서는 높아질 수 없다는 걸
그래서 산은 능선과 절벽을 꼭 안아 주는가 보다
계곡이나 절벽 없으면 비가 조금만 내려도
스스로는 쉬 무너진다는 걸
상처 같은 계곡이나 울음 같은 절벽을 품어 주어야
자신을 우러러보게 된다는 걸
산은 알고 있는 것이다
그럴 때마다 구름이나 안개도 스윽 다가와 명산이 된다
는 걸
높은 산은 다 알고 있는 것이다
살면서 계곡에 들거나 절벽에 맞닥뜨려도
반가운 손님인 듯 여길 일이겠다

갓바위에 묻다

그만 합장 풀고 내려갈 궁리나 해라

그럼 왜 높은 곳에 앉아 오르게 하나요

오르는 끝에는 반드시 내려가야 함을 알리기 위해서지

그럼 오르지도 말아야 하나요

오르지 않고도 어찌 내려가야 함을 안다는 말이냐

그럼 내려간 다음 다시 오르면 어떨까요

내려가고 올라가는 일이 아직도 다르다는 거냐

오를 때나 내려갈 때나 산과 나무는 그대로지 않느냐

삶이란 오르락내리락한다는 것인가요

무념無念에서 정념正念이 나온다는 생각도 버려라

나도 나를 버려 나를 얻었니라

오마이 갓!

보름에서 그믐까지 다시 보름으로

보름달에게 물었다
삶은 원하는 만큼 채울 수 있는지요?
보름달은 대답했다
노력하면 가능하지
노력한다고 다 되나요?
아무리 노력해도 원하는 것 반을 채우기 힘들 때가 더 많지
그럴 때는 어떻게 하나요?
기다려야지
마음이 어땠어요?
캄캄했지, 빈털터리 심정이었지
그렇게 끝나면 삶은 비극이 아니냐고 다시 물었다
알아듣기 쉽게 차근차근 다시 대답했다
빈털터리 신세가 되었다가 조금씩 조금씩 회복되기도 하지
끝내는 원하는 만큼 다시 다 채우게 되기도 하고
그때까지 기다리는 것이 제일 중요하지
질문과 대답은 한 달이나 이어졌다

그 후로는 달에게 더 이상 묻지 않았다
보름 때는 그믐을 그려 보고
그믐 때는 보름을 떠올리면 되겠다면서

동백은 동백으로 모란은 모란으로

계절이 바뀌어 동백이 피는 것이 아니라
동백이 피어 계절이 바뀌는 것이리라
봄이 가서 모란이 지는 것이 아니라
모란이 져서 봄이 가고 마는 것이리라
동백으로 피었다고 세상을 얻은 것이 아니듯
모란으로 졌다고 봄을 잃어버린 것은 아니리
산다는 것은 동백으로 왔다가 모란으로 지는 것
지나가는 봄을 아쉬워할 일 뭐 있겠나
동백은 동백이 되어 동백으로 살면 되는 것이고
모란은 모란이 되어 모란으로 살면 되는 것이라
동백은 모란을 넌지시 바라보면 되는 것이고
모란은 또 동백을 지그시 바라보면 되는 것이라

바닥에 대하여

바닥이 있다는 건 희망이 있다는 거다
쓸쓸함도 외로움도
어쩌다가 혼자가 되는 것도 다 바닥에서의 일이다
물은 바닥의 고마움을 누구보다 잘 안다
하늘도 바닥의 힘으로 떠 있는 것
새로운 시작은 늘 바닥이 챙겨 준다
바닥에 이를 때는 바닥을 쳐야 한다
빛도 바닥에서 되돌아오지 않는가
가장 낮은 곳에서 힘을 챙겨 주는 바닥
풀은 바람 불 때마다 바닥을 친다
바닥은 이미 바닥이 아니라고!

방하착

바람이 불어오기 전에는 바람을 맞이하러 가지 않으리라

꽃이 피기 전에는 미리 꽃을 호명하지 않으리라

물이 천리만리 소리 내어 흘러도 입을 다물고 있으리라

계곡에 다가가 계곡이 쌓아 온 적멸을 깨트리지도 않으리라

산보다 먼저 잠자리에 들지도 않으리

산 너머 산보다 먼저 일어나리라

평생 허공을 비운 채 즐기는 산처럼

편들어 주고 싶다

요즘 들어 새삼 편들어 주고 싶은 것들이 많아졌다
아침이면 빛으로 기운을 넣어 주는 해를 편들어 주고 싶고
그리운 이를 가슴에 담아 주는 달과
꿈을 잃지 않게 해주는 별 그리고 말 없는 지구도 편들어 주고 싶다
욕심이 파도처럼 너울거릴 때 빈손으로 산봉우리 두고 떠나는 구름
파도가 흔들려도 다 받아 주는 바다
생명을 키워 주는 땅과 그걸 지켜 주는 하늘
보이지 않으면서 숨을 불어넣어 주는 공기
벌과 나비에게 식량을 주고 사람에겐 기쁨을 주는 들꽃
그 곁을 같이하는 풀과 나무의 신록, 신록들
유속을 감추며 언제나 더 맑아지려는 강
저들은 그동안 나에게 후원금도 받지 않고 편들어 주었다
이제는 내가 저들을 오래오래 편들어 주고 싶다
유리한 것이 아닌 유익한 쪽으로 다가서는
핏줄 같은 편이 되고 싶다

구름다리

산다는 것은 흔들리는 걸까
조금씩 흔들려서 더 안전하다는 걸까
구름다리는 누구를 건네줄 때 더 흔들린다
흔들린다는 건 건강하게 살아 있다는 것
슬픔도 생이 흔들리는 것
기쁨도 슬픔 뒤에 더 진해지는 것
그러니 살면서 조금은 흔들려도 괜찮겠다
물이 흐르는 것도 흔들리는 것 그래서 더 맑아지듯이
흔들려서 구름다리가 되는 것
그래 삶에 구름이 끼는 날엔 가끔씩 흔들려 보자
아니 가끔씩 자신을 흔들어 보자
흔들어 잠자는 것들 깨워 보자

자연의 화법

말을 해야 할 때 말을 하고
말하지 말아야 할 때 말하지 않는 것이
세상 살아가는 화법
자연은 말을 배우지 않아서
말하지 말아야 할 때 말하지 않는 화법을 선택하여
몸에 잘 익힌 것일까
미움이란 말을 몰라 서로 미워하지 않고
전쟁이란 말을 몰라 전쟁을 일삼지도 않는다
말하지 않는 화법을 익혀서 평화롭다
말하지 말아야 할 때 말하지 않는 화법을 익혀 보고 싶다
나부터 평화로워지기 위하여

나무 2

우리가 바르게 사는 길을 나무가 보여주는 것 같다

태어난 곳에서 얼굴 찌푸리지 않고 뿌리내리며 사는 것 하며

양지만 찾아 이리저리 옮겨 다니지 않는 일 하며

명상이 깊어지도록 가만히 자리한 일 하며

어느 곳에 산다 해도 웃음 같은 푸름을 간직하는 것 하며

후회를 남기지 않으려 곧게 곧게 서는 일 하며

바람이 불어와 흔들어도 짓는 선한 웃음 하며

없이는 못 산다는 산소를 왼손 오른손 다 모르게 공급하는 일 하며

덩달아 가뭄과 홍수도 남몰래 달래는 일 하며

더군다나 뭇 생명들을 포근하게 안아 주는 숲의 일원 하며

바람이 불어와 몸살을 앓는다 해도 바람을 탓하지 않는 일 하며

나무는 우리에게 책에도 나오지 않는 것을 참 많이 가르쳐 주는 것 같다

단순하면서도 충만하게* 사는 삶을

* 벌린 클링켄보그, 『단순하지만 충만한, 나의 전원생활』에서 차용했음.

판전板殿*

높고 낮은 산을 돌고 돌아 강물이듯
자연으로 돌아가는 길 앞에서

눈과 마음에 매달렸던 것 다 내려놓고
처음으로 돌아오고 있다

누가 처음이 있으면 끝이 있다 했나

다시 처음으로 돌아가는 길
완성을 버려 완성에 이르려는 걸까

가슴 벅차게 처음으로 돌아가고 있다

천 자루 붓이 모두 몽당붓이 된 후에
처음 잡았던 붓으로 돌아가고 있다

평생의 무게로 돌아가고 있다

그 무게 천진난만하다

죽음 앞에서 이리 눈이 부신다

* 봉은사에서 경판을 보관하는 집으로, 현판인 '板殿'은 추사가 죽기 사흘 전에 쓴, 기교를 버린 후 졸함의 극치에 달한 최고 글씨로 평가받고 있음.

자전거와 지구

타는 사람의 균형으로 자전거는 굴러간다
균형이 무너지면 삶의 바퀴도 넘어지고 만다
균형은 스스로가 잡는 것
지구도 스스로의 균형으로 우주 공간을 자전거처럼 굴러간다
균형이 무너지면 지구도 슬퍼진다
지금 빙하가 녹으면서 균형이 흔들리고 있다
지구는 지구만이 균형을 잡을 수가 있다
욕심 많은 사람들이 지구의 균형을 자꾸 갉아 댄다
지구가 균형을 잃어버리면 돌이킬 수 없는 어둠에 휩싸인다
사람들이 그걸 알고도 외면하고 있다
사람들이 정치처럼 사나워지고 있다
때로는 경제처럼 타산적이다
오랜 문화처럼 느긋하질 못하다
자전거도 지구도 사람들도 균형을 잃어버리면
서로를 잡아 줄 수 없다
다 넘어지게 된다

백문인을 새기며

이름을 음각한 낙관 도장 백문인
인주 묻혀 찍으면 이름이 하얗게 나타난다
붉은색에 쌓여 더 하얗다
하얀색은 티 하나 묻지 않아 정갈해 보인다
저 하얀 이름 얻기 위하여
나는 또 내 마음속에 굳어 있는 욕심을 깊이 파내야 한다
혼자 힘으로 파내야 하는 외로움이 있어야 한다
세상에 하얀 이름 하나 제대로 찍을 수 있을 때까지
손이 아리고 손목이 꺾이도록 파내야 한다
그러고 나서도 인주의 도움을 받아야 한다
정갈한 이름 하나로 살기 위하여서는

옹이처럼

옹이는 가파른 둥치에 새겨 둔 무슨 표지 같다
세상을 읽어 내려는 눈 같기도 하고
먼지 많은 세상을 잠가 두려는 단추 같기도 하다
실은 가지가 바람에 꺾였을 때 흘린 눈물 자국이었던 것
사람들이 가지를 잘랐을 때 흘린 슬픔의 흔적이었던 것
사람들은 소나무를 그릴 때 옹이를 빼놓지 않지
눈길 끄는 매력이 되나니
어쩌다 장작으로 탈 때는
가장 오래 가장 늦게까지 불길 잡아 주지
눈물과 슬픔을 참아 낸 저 오랜 상처가
뜨거운 힘이 되나니
사람들이여 사람들이여!
상처가 상처의 깊이를 헤아려 주고
상처가 상처의 눈물을 닦아 주나니
혹시나 살면서 부닥쳐 생긴 상처가 있다면
옹이라 여기면 안 될까
옹이를 품고 사는 나무라 여기면 안 될까

반가사유

어디 풀씨 같은 잡념이라도 남아 있는 걸까
그냥 있으면 머릿속에 풀뿌리처럼 파고드는 것들
턱에 닿을 듯 말 듯 한 손을 타고
깊고 넓다는 가슴 지나 무릎까지 내리는 데는
한평생도 턱없이 모자랄 터
그만 오른 다리를 왼 무릎까지 들어 올리네
삶은 수유던가
이제 앉을 수도 누을 수도 없네
신음인지 깨달음인지 고개는 조금 숙인 채
지금 새벽을 건너는 중
아직도 고요에 이르지 못한 것일까
삶은 숙제도 축제도 그 무엇도 아니어서
아직은 일어설 수가 없는 것이네

탑리리오층석탑*

득도한 후 붓다는 우리 곁으로 한 번도 오지 않았다

언제 오려나 싶어 탑이 여태 뾰족하게 고개 들고 있는 걸 보니

한 번도 보지 못한 것 같다

없는 것 또한 있는 것이라 했으니 굳이 올 필요도 없겠다는 건지

대웅전이 없으니 탑 부근이 다 대웅전이라 여기면 또 어떨까

목탁 소리 들리지 않으니

번뇌도 해탈도 처음부터 없는 일이라 여기면 안 될까

탑리리오층석탑 앞에 서 보면 알겠다

>

소나무 한 그루, 패랭이꽃, 편하게 돋아 있는 풀, 주변으로 보이는 민가들이 붓다를 대신하고 있음을

그러니까 붓다는 오지 않아도 괜찮겠다

일어나고 스러지는 것들이 다 마음에 달려 있는 것이라 했으니

탑리리에는 오층석탑만 있어도 그만이겠다

*경북 의성군 금성면 탑리에 있음.

제3부

접속은 자주 하면서 접촉은 잘 하지 않는

옆보다 곁

옆은 한 방향이고 곁은 양방향이다

사랑하는 사람이 있다면 옆보다 곁에 두고 싶다

옆에 있는 사람은 언젠가 옆으로 샐 것 같지만

곁에 있는 사람은 사랑이 아픈 날도 떠나지 않을 것 같다

바람이 멈추는 곳도 옆이 아니라 곁이다

내 좋아하는 사람은 다 곁에 두고 싶다

내 좋아하는 시집도 옆이 아닌 곁에 두고 있다

아플 때 지켜 주는 곳도 옆이 아니라 곁이다

곁은 내가 차지하는 곳이 아니기에

층층
돌탑 5

돌탑은 모서리 진 돌들이 모여 이루어 내는 소원의 층층
모서리 진 돌들이 서로의 모서리를 받쳐 주어 탑이 되고 있지
모서리는 흠이 아니지
모서리 진 돌은 탑 위나 아래, 겉과 속 어디에 있어도 상관없어 하지
둥근 돌은 저 혼자 둥글어서 탑이 되지 못하지
항상 혼자지, 혼자는 혼자일 뿐
모서리를 알아주는 건 모서리
생각이 다른 우리도 알고 보면 다 빛나는 모서리
늘 꿈꾸며 살지
모서리는 흠이 아니지
힘이 되지
힘을 주지

꽃 피는 봄날

봄날이었을 것이다, 꽃을 보며

누군가는 울기를 그만두었을 것이고

또 누군가는 슬픔을 비워 냈을 것이고

그 누군가는 고독을 녹여 냈을 것이다

그래서 봄날은

꽃이 없으면 안 되겠기에

당번을 정하듯 꽃들을 교대로 피우는 것이리라

물길

물은 웅덩이를 만나면
웅덩이가 가득 찰 때까지 기다린다
뜻하는 일을
도모할 수는 있어도 무모해서는 안 된다며
가야 할 길도 때가 오기를 기다린다
저수지도 스스로 정해 놓은 양을 채우고 나면
더 욕심을 부리지 않는다는 것을 알기에
물은 웅덩이를 만나면 웅덩이가 되어 기다리고
저수지를 만나면 저수지가 되어 기다리는 것이리라
물은 길을 선택하지 않는다

사는 일

사는 일이 때로는 이럴 경우도 있지

가령

어느 날 갑자기 아무 영문도 모르고 몸이 한쪽으로 쏠린 채 거미줄을 팽팽하게 당겨 주어야 하는 풀잎 같은

먼저가 먼저지

올바른 길보다 먼저인 건 따뜻한 길인지
단단한 길보다 먼저인 건 부드러운 길인지
붙잡는 일보다 먼저인 건 내려놓는 일인지
좋아하는 일보다 먼저인 건 그리워하는 일인지
있다고 보는 일보다 먼저인 건 없음을 알아차리는 일인지
판단하는 일보다 먼저인 건 느끼는 일인지
주장하는 일보다 먼저인 건 침묵하는 일인지
답을 구하는 길보다 먼저인 건 의문을 찾는 길인지
밖으로 난 길을 나서기보다 먼저인 건 안으로 난 길을 찾는 일인지
먼저가 먼저지!

시작과 끝

바다가 시작되면 땅은 끝이 되고
바다가 끝나면 땅이 시작된다
시작의 다른 말이 끝인 줄 알겠다
아니 끝과 시작은 같은 말임을 알겠다
입장만 바꾸면 시작과 끝은 문제 될 게 없어 보인다
수평선과 지평선의 고집이 늘 문제였다
시작과 끝을 말아 쥔 공은 어디라도 잘 굴러간다
공으로 경기는 해도 전쟁은 하지 않는다
입장을 바꾸지 않으려는 시작과 끝은
끝을 보자고 시작한 일 같아 위험하리라
접속은 자주 하면서 접촉은 잘 하지 않는 시대처럼

수양버들처럼

미풍도 감지할 수 있는 몸가짐, 가늘고 길다
무슨 생각으로 더 골몰하는지
높은 곳에서 낮은 곳으로 고개 숙여
바람 불면 이 세상에서 가장 유연한 바람 그네를 타지
한껏 올라갔다 싶었는데
어느새 낮은 곳으로 향하는 몸짓
어느 겸손한 이가 있어 따를 자 있을까
물가에 자리한 후였나
물속까지 내려온 하늘에 이르고 싶어
바람 그네 타고 내려가다가는
수면 덜한 곳쯤에서
여기까지야 하고 멈추는 절제
그래서 우리가 무엇인가 되려는 바람이 조급하게 일 때
너를 종종 찾아보는 것이네

도랑 같은 사람

도랑은
물이 높은 곳에서 낮은 곳으로 흘러야 한다고
자신을 지평선보다 더 낮춘다
그게 생명을 일으키고 평화에 이르는 길이라는 듯이
물이 다 지나가고 난 뒤에도
남들이 보지 않아도 그 자세 그대로다
언젠가 다시
물이 흘러들지 모른다고
그런 사람이 있다

주산지에 와 보니

나무가 푸르니 수면 아래 비치는 나무도 푸르다
푸르지 않으면서 푸르게 비치지 않는다고 수면을 탓하는 나무는 없다
나무가 곧으니 수면 아래로 비치는 나무도 곧다
곧지 않으면서 곧게 비치지 않는다고 수면을 탓하는 나무는 없다
바람이 불어와 수면이 출렁이면
곧은 나무가 곧게 비치지 않는다는 걸 알고는
수면을 탓하기보다 바람이 그치기를 기다릴 줄 안다
주산지에서는 하늘도 그렇게 하고 있다

경계

경계를 풀어 버리면 헤프다 할 것이고
오래 만나던 사람에게 경계를 잘 풀지 못하면 막혔다 할 것인데
나는 경계에 걸쳐 산다
경계를 무너뜨린다며 경계를 넘나들며
이편에 가면 이편이 되고 저편에 가면 저편이 되는 것은 경계할 일이겠다
이편저편 나누는 것보다
이편저편 그림 그리지 않는 것이 구름 한 점 없는 하늘이 되지 않을까
경계를 지우려 나는 경계에 걸쳐 산다
그림은 경계를 지워 사랑받고 있다

하류

하류의 삶은 수평적이다
상류의 수직적인 삶을 조용히 내려놓고 있다
하류에서는 노을도 출렁거리지 않는다
이제 높고 낮음을 따질 때가 아니라는 거다
노을 같은 자유가 물들어 있다
평생 산천을 돌고 돌아온 끝에 얻은 하류가 얻은 소득이다
이제 하류는 힘으로 살아가지 않는다
품을 것 품고 껴안을 것 껴안으며
위아래보다 옆을 받아들이며 살아간다
하류는 이제 동행의 면적을 점점 넓혀 가고 있다
굽이칠 일 없이
뭇 생명들 불러 모을 모래톱 하나 장만하는 재미로
생의 리듬을 발바닥까지 내리며 살아간다
하류 앞에서는 소멸 대신 자유를 말해야 하리라

잎을 어긋나게 단 참나리

햇빛을 조금이라도 더 받으려고
참나리는 잎을 어긋나게 단다
어긋나서 더 깊이 뿌리 내리고
어긋나서 꽃을 더 아름답게 피우는 것이리라
땅도 울퉁불퉁 어긋나서 생명의 보금자리가 되지
어긋나는 일이 없으면 뿌리도 꽃도 생명도 온전치 못
하지
산다는 것은 곳곳에서 어긋나는 일
어긋나서 눈물 대신 눈을 뜨고
어긋나서 방황 대신 길을 찾지
명암, 고저, 장단, 홀짝, 유무는 보석 같은 어긋남
온전한 것은 다 어긋나서였지
어긋나서 어긋나지 않게 되지

해인에 이르는 길

현판과 주련에서 문자향을 얻으려 나선 해인사 나들
이 길
햇살이 비친 바다처럼
해인사로 가는 길은 연두 가득한 봄으로 눈부셨다
만물을 일깨워 봄이게 하는 가야산
이럴 때 우리는 빌어 볼 소원도 떠오르지 않고
더 가져야 할 그 무엇도 잊어버리게 된다
물 흐르는 소리 새소리 바람 소리 어우러진 소리길 걷다
보면
경계가 다 풀리고 붉은 티끌 사라져
소리길이 다하기 전에 우리 몸은 자연으로 가득 차리라
해인海印에 이르는 길이 멀지 않은 걸까
조그마한 암자도 대적광전도 숲속이고 산속이고 보면
대장경 긴 말씀이 결국 자연을 마음에 담아 보라는 것
아닌가
반짝반짝 연두로 만상을 비추는 바다 같은

풀밭 세상

아무도 중심에 서지 않아
둘레가 다 중심이 되는 세상을 꿈꾸는 걸까
못가 혹은 산비탈 어디에고 자잘하게 풀어놓는 삶이면 했지
새로운 것은 언제나 자잘한 데서 오는 법
모두가 둘레를 자청하고 살지
둘레를 키우며 아무도 중심을 차지하려 하지 않는다
경계는 또다시 경계를 낳는 법이라고
경계를 풀어내고 뒤섞여도
다시 풀밭 하나를 벗어나지 않는 일상이면 했지
여럿이 모여도 하나 같은 둘레
언제나 세상은 낮고 푸르면 했지

청산

청산은 저 홀로 청산이 될 수 없다

가파른 능선이며 앙칼진 낭떠러지를

마다하지 않고 다가선 무명의 풀과 나무들이

푸르고 푸르렀을 때

산은 마침내 청산이 된다

청산은 그걸 알고

제 목이 타도

끝끝내 그들에게 물을 건네는 것이다

가벼운 깨달음

지나치거나 모자라지 아니하고 한쪽으로 치우치지도 아니한, 떳떳하며 변함이 없는 상태나 정도를 중용이라고?

저런 중용을 이루겠나 의심하고 있던 중

바위는 죽은 듯이 제자리 지키는 거라 하고
돌은 오랜 세월 흐르는 물에 모난 것 덜어 내는 거라 하고
나무는 잎으로 세상을 푸르게 하는 거라 하고
구름은 한곳에 얽매이지 않는 거라 하고
하늘은 내려오지 않고 땅은 올라가지 않는 거라 하기에

그제서야 고개가 조금 끄덕여진다

솔

추위에도 청청한 잎

시를 쓸 줄은 몰라도 시 같은 울림을 주지

비유를 몰라도 스스로 비유가 되지

가지와 잎을 뒷바라지하면서 자신을 드러내지 않는 뿌리

상징으로 뻗어 나가지

그러다가 잎을 떨어뜨려 더 싱싱한 잎을 가지는 역설

시가 되지

일상을 완성보다는 과정에 두어 웃자라지 않지

끝내 스스로를 솔이라고 하지도 않지

시인이지

누가 바라보지 않아도 언제나 산을 선택하여 산을 벗어나지 않지

제4부

그냥 지나가다니요

봄 편지

노루귀나 양지꽃은 산 초입에서
낮게 엎드려 봄을 전하는 꽃잎 편지를 씁니다
매화나 목련은 나뭇가지에 매달려 꽃잎 편지를 씁니다
몸을 달구는 첫사랑처럼 뜨거웠는지
구절구절 읽기도 힘들 만큼 눈부십니다
사연은 또 그리 송이송이 많았던지
봄이 미처 다 가기도 전에 그만
봄 편지를 한 통도 부치지 못하고
발아래에 죄다 떨어뜨리고 말았습니다
걱정이 되었는지 안타까웠는지
잎은 연둣빛 눈을 뜨고 내려다보고 있습니다
봄 편지가 자신에게 보낸 거라 여기며
읽어 보려는 사람들이 참 많은 봄입니다

정상에서

산은 많은 길을 불러 모았다가
위로 끌어 올린다
산은 위로 올라갈수록 불러 모았던 길을 점점 줄이더니
정상에서는 길을 하나로 모았다가 흔적도 없이 허공으
로 날려 버린다, 바로 그때
모두가 가슴 열어 벅차게 외친다, 정상이라고
정상에 올라 본 사람은 안다
정상에 서려면 걸어온 길을 죄다 없애야 하는 것
길을 버려 정상에 이르렀기에
정상에 오래 머물 수는 없다는 것도
그래서 내려가는 길은 여러 갈래가 있는 것까지도

10월

초록을 안고 사는 사람보다
초록을 내려놓고 사는 사람이 더 그리워지는

꽃내음에 젖어 사는 사람보다
마른 풀에서도 꽃향기를 느끼는 사람이 더 생각나는

단풍으로 물든 사람보다
단풍으로 물들게 해 주는 단풍나무 같은 사람이 더 보고 싶은

벌써 시월도 끝이네 하는 사람보다
아직도 시월이야 하는 사람의 손을 잡아 주고 싶어지는

깊어지는 가을

감의 떫은맛을 다스리고
사과의 새콤달콤한 맛을 더하려고
가을은 낮에는 제 몸의 기운을 다 모아
기온을 잔뜩 높여 주는 것이다
밤이 되면
제 몸이 점점 식어 버리는 줄도 모른 채
그래서 가을은 깊어지는 것이라
우물도 깊이 내려가 물을 모으는 것이리라
깊이에서 사랑은 고이는 것이리라

가고 있는 길

그 아름답다는 강이 마지막으로 이르는 곳은 바다
언제나 출렁이며 고달픈 곳이다
높은 산의 정상이 그렇듯이
갈 때까지 다 간 곳은 파도처럼 사납다
언덕이 언덕으로 보이고 들판이 들판으로 보이는
강이 강일 때가 가장 아름다운 것이다
다다를 곳보다
가고 있는 지금이 행복하리라
성당으로 가는 길에 보이는 돌 사이에 돋아난 풀과 나무들이 평화로워 보이듯이
어릴 적 동무들과 들을 지나 고개 넘어 학교 가는 길이 즐거웠듯이
지금 어디로 가고 있는 사람은 행복하리
경사가 없는 곳에 이른 강물처럼 잠시 멈추어도 좋으리

슬몃

가을이 다가오면서
관절이 약해진 풀잎이 놀랄까 봐
잠자리는
살며시 내려앉았다가
오래 머물지 않고
슬몃 날아오른다
그걸 본 하늘도 기분이 좋아졌는지
더 높고 더 푸르러지는 것 아닌가

구름

그냥 지나가다니요
아름답게 핀 꽃이 있고
울창한 나무는 숲이 되어
흥겨운 새소리 불러 놓았고
더구나 산앵두 산딸기가 저리 보이는데도
곁눈질 한번 없이
산 너머로 스르르
그냥 지나가다니요

꽃무릇

사랑에 물든 여인이다
온통 붉고 붉어 상대를 첫눈에 사랑으로 끌어당길 듯한 눈빛
저 가늘고 붉은 수술은 또 사랑에 빠트릴 침술 같다
사방으로 나 있는 수술은 여러 개
평생의 사랑을 오늘 다 쏟을 마음이다
오늘 다 쏟아부을 사랑을 평생 가져갈 인상이다
불처럼 오늘 다 훨훨 타올라도 좋고
물처럼 평생을 가져가도 누가 상관하랴
사랑은 물불 가리지 않기도 하는 일이니

월식

누군가에 가려진 적이 있나요
아무것도 볼 수 없고 보이지도 않는
가려져 그림자 지는 일
그림자에 가렸다고 빛이 없는 건 아니겠지요
가려지는 동안 휴식이라 생각하면 어떨까요
빛의 휴식이 그림자일 테니
휴식은 마음 내려놓고 기다린다는 것이지요
열매는 싹틀 때까지 휴식처럼 기다리지요
그믐도 기다려 보름이 되듯이
사는 것도 평생 기다리는 일이겠습니다

가야산 해인사

가야산에 가 보았더니
산 위에도 산이 있고 산 아래에도 산이 있었네
다시 보니 산 앞에도 산이 있고 산 뒤에도 산이 있었네
산은 위아래, 앞뒤를 문제 삼지 않았네
위에도 산이 있는 줄 모른 채 아래에 있는 산은 적멸을 즐기고 있었고
제일 뒤에 있는 산은 아는 것 다 버린 듯 겸손을 쌓고 있었네
누가 저 산의 앞뒤, 위아래를 저울질하겠는가
저 산들이 바다에 비춘 그림자를 누가 헤아리겠는가
산 첩첩이 다 경經이고 경인 것을

낮에 나온 반달

하늘 한 모퉁이로 물러나니
세상이 환해졌습니다
반쯤 비우고 나니
세상이 맑아졌습니다
나서는 사람이 많은 세상
다가서지 않으니 평화롭습니다
반달로 떠 있어도 그만이겠습니다
눈에 쉬 띄지 않는 낮이라 해도

묵상

높이 있어도 높이의 뻣뻣함을 드러내지 않는

낮은 곳에 있어도 낮다는 생각에 매몰되지 않는

높이 있어도 낮은 곳으로 마음이 내려가 있는

낮은 곳에 있어도 높은 곳으로 눈을 돌리지 않는

높은 곳에 있어도 낮은 곳의 그늘을 헤아리는

낮은 곳에 있어도 낮은 곳 어둠의 무게에 눌리지 않는

높은 곳에서도 높은 자리 흩트리지 않는

낮은 곳에 있어도 정갈한 눈빛 잃지 않는

그런

눈이 오면 소나무는

돌멩이는 하얀 이불을 덮고 잡니다
낙엽도 하얀 이불을 덮고 잡니다
긴긴 겨울잠에 들어가려는지
발도 얼굴도 보이지 않습니다
소나무는 키가 커서 하얀 이불을 덮어도
등이고 팔다리가 언뜻언뜻 보입니다
머리카락도 이불 밖으로 삐죽삐죽 나와 있습니다
올 겨울잠은 글렀겠습니다
그래도 자는 척해야겠습니다

반반의 묵죽墨竹

속을 비워 그럴까
어지러이 부는 바람에도 꺾이지 않는 대나무
여백은
또 그걸 알고 흔적도 없이 세상으로 내보낸다
그려서 반, 그리지 않아서 반
오오, 반반의 극치여!
나는 아직도 대나무를 그리는 데만 급급하니
그 언제 반반한 묵죽도 한 점 제대로 그릴 수 있으려나

봄비

땅속 새싹들이 놀랄까

하늘은 명주실 가늘게 뽑아

땅에 닿도록 늘어뜨리고 있습니다

명주실에 닿아 보려는 새싹들

땅 위로 고개 빠끔히 내밀겠습니다

유등연지

유등연지가 물을 가득 채워 준 것 하나에도
참 잘했다고 고맙다고
연이란 연은 연신 연못 가득 동그라미를 쳐 주네
동그라미만으로는 사례가 부족하다 여겼는지
송이송이 꽃까지 피워 놓네
유등연지도 기분이 좋았던지 비가 올 때마다 물을 채워 놓네
한 세계가 놀랍도록 아름답네

그리운 폭설

폭설이 내렸으면 한다
오지도 가지도 못할 펑펑 폭설
성탄절이나 설날에 내렸으면 더 좋겠다
꽉 닫은 창문 너머로
눈 속 동백의 붉음을 생각하면
혼자 깊어지는 시간이 쌓이겠다
아무도 없는 방에 돌아앉자
가슴속까지 들어온 이를 불러 보기에 좋을 꽃의 붉은 시간
마당에 쌓인 눈을 치울 엄두도 내지 못할 때면
오지 못할 이가 더 그리워 그리워
성탄의 밤이거나 설날의 아침이 더 눈부시겠다
새들도 날아오지 않아 세상은 명상으로 가득하게 된다
밥 생각이 오래 나지 않겠다
폭설이 이어지면 생각나는 이들은 다들 마음으로 다녀가리라
폭설이 내려 좀 오래 쌓였으면 좋겠다
만나지 못한 이들이 오래오래 쌓이겠다

플라타너스

플라타너스 그늘 아래로 걸어가면 플라타너스 푸른 잎을 밟는 것 같다

플라타너스는 여름이 오기 전부터 잎으로 포개고 포개어

둥치 둘레에 그늘을 깔아 놓는다

플라타너스 그늘이 푸르게 느껴지면

더운 여름이다

플라타너스 짙은 그늘 아래로 걸어가는 사람은 여름 내내 행복하리

소나기가 갑자기 쏟아지는 날이면 넓고 두꺼운 잎으로 비를 막아 주기도 하는 플라타너스

오래 사귄 친구처럼 믿음직스럽다

잎은 어느 나무보다 넓고 그 수는 많다

그러느라 온몸에는 버짐이 많이 번졌다

발문

낮춤, 비움 그리고 중용과 평화의 시

배창환 (시인)

나는 한때 김윤현 시인의 시집 『들꽃을 엿듣다』의 매력에 푹 빠진 적이 있고, 몇 해 전에 낸 『발에 차이는 돌도 경전이다』를 읽으면서 그의 시 세계가 가늠하기 어려울 정도로 원숙하면서도 넓고 깊어져 가는 걸 보고 깜짝 놀랐다. 이번 시집에 발문을 써 달라는 그의 요청을 받고 바로 응락한 것은, 근래 그가 보여 주고 있는 열정적인 창작 활동이 어디까지 가고 있는지 궁금했을 뿐 아니라, 한국 서화에서 대금 연주에 이르기까지 다채롭게 펼치고 있는 그의 예술적 역량이 새 시집에서 어떤 모습으로 반영되어 있을지 궁금하기도 했던 터였기 때문이다.

김윤현 시인과 나는 주변 문우들이 부러워하는 50년 지기知己다. 우리 스스로도 정말인가 싶어 헤아려 보고는 기가 막힐 만큼 많은 세월이 흘러가 버렸다. 1970년대 중반, 이른바 10월유신 긴급조치 시절에 교사가 되려고 우리는 이곳 국립사범대학에 입학하여 함께 다녔고, 졸업하여 국어 교사로서 교육 현장에서 많은 풍파를 헤쳐 오면서 군입대 기간을 빼고는 부르면 언제든 달려오는 거리에 있었다. 대학 다닐 때부터 국어과 동기 문청들끼리 반항기가 다분한 '소주파'를 결성하여 숨 막히는 유신정권의 억압에 울분을 터뜨리며 캠퍼스와 술집 골목을 순례하면서도 우리는 습작을 했고(그의 시, 「향촌동, 술집 골목」, 「청춘으로 머물렀던 곳」 등에 나오는 주인공들이 바로 우리들이었다), 시화전을 열거나 자연·역사·문학 기행을 다니는 등 중요한 기억들을 공유했다.

그와 나는 1984년에 대구·경북과 청주의 시인 문청들이 모여 만든 동인지 『분단시대』 창간 멤버였는데, 당시 5공화국 독재 정권은 『분단시대』 창간호와, 이후에 나온 판화 시집에 대해 판매 금지 처분을 내렸다. 우리는 1980년대 교사 교육운동에도 투신하여 YMCA중등교직자협의회, 전국교사협의회, 전교조 활동을 함께 했고, 대구작가회의에서도 시차를 두고 각각 대표를 지내기도 했다. 게다가 우리는 산업사회의 도래에 따라 해체 과정을 겪은 농촌(의

성, 성주) 출신이라, 도시에 나와서 겪은 문화적 차이를 깊이 느낀 탓인지 농촌 출신이라는 점을 늘 자랑스럽게 생각했고, 흙에 대한 감각이나 애정이 그만큼 남달랐다는 점도 비슷했다.

이처럼 억지로 찾아 맞추기도 어려울 만큼 진귀한 인연으로 함께해 온 긴 시간 동안 우리가 언제나 꼭 같은 '거리'에 있었던 것은 아니지만, 나는 그와 지금보다 더 가까웠던 적은 없었다고 생각한다. 시간을 축적해 올수록 심정적·정서적인 거리가 가까워져 왔다는 것인데, 그건 순전히 벗을 세심하게 배려해 주는 온화하고 화평한 그의 성정과, 진심을 갖고 사람과 일을 대하는 진정성 때문이었을 거라고 나는 확신한다. 그의 이런 성품은 그의 시의 뿌리가 되고 마르지 않는 샘이 되어 굵고 무성한 줄기와 잎을 피워 왔고, 이 점이 '사람'과 '시'에서 늘 동질성을 찾는 것이 습이 되어 있는 내가 그의 시를 신뢰하는 이유의 하나이기도 하다.

그의 시에 대해서 글을 쓴 적이 두 번 있었다. 첫 시집이며 교육시집인 『창문 너머로』에 발문을 썼을 때는 대구에도 한창 교육운동이 폭풍처럼 들이치면서 교육을 바꾸어 보려고 몸부림치던 1988년이었다. 당시 그는 대구 동북구 교사협의회에서, 나는 대구 서달서구 교사협의회에서 사무국장을 맡아 각자 정신없이 쫓아다니며 조직 일에 매달

리던 중이었다. '거듭나기 위한 몸부림'이란 제하의 내 발문은 아이들에 대한 연민과 따뜻한 애정을 담은 그의 교육시편들을 당시의 모순된 학교 현실에 대한 문학적 대응이란 관점에서 조망하면서 쓴 글이었다. 그다음으로는 그가 2007년에 네 번째 시집으로 『들꽃을 엿듣다』라는 뛰어난 시집을 냈을 때, 비슷한 시기에 나온 윤재철 시인의 시집과 '생태시'로 묶어 서평을 써서 『녹색평론』에 게재한 적이 있다.

세 번째가 될 이 글은 지금까지 가까이에서 그의 시를 읽어 온 충실한 독자의 자리에서 거칠게나마 그의 시 세계의 줄기를 내 눈으로 한번 짚어 보고, 이번 시집에 대한 감상을 다른 독자들에게 이야기를 건네듯 풀어 보는 글이 되어도 좋겠다는 생각이다. 딱딱한 글은 쓰는 일도 읽는 일도 모두에게 고역이므로.

나는 그가 지금까지 낸 여러 시집을 펼쳐 두고 다시 읽어 보면서, 그의 시 세계를 관류하는 시가 없을까, 찾아보았는데, 첫 시집 『창문 너머로』에서 어렵지 않게 「들꽃」을 찾아낼 수 있었다. 이 시는 그의 시 세계가 어디에서 발원하여 어디를 향해 달려왔는지를 잘 보여 준다.

우리들 사랑은 의롭게 버티는 일입니다.

우리들 사랑은 검은 손에 꺾이지 않는 일입니다.
우리들 사랑은 들을 끝까지 지키는 일입니다.
우리들 사랑은 마침내 자유롭게 피어나는 일입니다.

—『창문 너머로』 중 「들꽃」 전문

'사랑하는 제자들에게'라는 부제가 붙어 있는 4행시이며, 각 행의 시작과 끝에 놓인 시어의 반복으로 인해 시 전체가 리듬을 타고 있어 잘 읽히면서도 메시지도 분명한 시다. "의롭게 버티는 일", "검은 손에 꺾이지 않는 일", "들을 끝까지 지키는 일", 그리하여 "마침내 자유롭게 피어나는 일". 아주 간명하게 정리하여 보여 주고 있는 이 메시지는 그가 살아오면서 끝내 놓치지 않고 견지하려 애쓴 중심 가치로 보인다. 특히 마지막 행에서 노래한 '자유'로운 삶은, 모든 면에서 자유롭지 못했던 당대 현실에 대한 정치적 저항이면서, 인간이 궁극적으로 추구해야 할 삶의 가치로서의 자유자재自由自在한 정신세계까지를 포함하고 있는 듯이 느껴진다. 그리고 그 진술을 '들꽃'이라는 대상을 통해 선언적으로 표현하고 있는 일도 의미심장하다.

이 시에는 그가 지금까지 천착해 온 많은 시들의 '씨앗'이 배태되어 있다. "의롭게 버티"면서 "끝까지 지"켜내야 할 공동체의 '공동선'에서 출발하여, 도달점으로 설정한 각 개인의 "자유"로운 삶의 개화開花, 그것이 우리가 서로 사랑해야 할 이유라는 것, 그리고 그 인식 대상으로서의 '들꽃'이, 그의 '길 찾기' 또는 자기 성찰[道] 수행에서 도반道伴으로 동행하게 될 거라는 예감이다.

들꽃에 다가서기, 격물치지(格物致知)의 시

그의 시의 요체를 한마디로 말할 수는 없겠지만, 나는 그 초점이 "어떻게 살 것인가?"에 맞춰져 있다고 생각해 왔다. 시인이라면 누구나 자기 시의 중심 줄기를 갖고 움직여 나가지만, 지금까지 그는 이 중심을 일관되게 견지해 오고 있다.

> 세상에는 원래 길이 없었다 / 사람이 없으니 길이 없었던 거다 / 사람이 다니면서 길이 트였다 / 그러고 보니 사람이 다 길인가 싶다 / 사람을 만나 내 속에서 찾을 수 없는 / 한 세상을 여는 길을 얻고 싶다
>
> —『발에 차이는 돌도 경전이다』 중 「길」 전문

"내 속에서 찾을 수 없는", "한 세상을 여는 길"을 "사람"을 만나서 "얻고 싶다"는 것인데, 그 열망은 곧 세상에 자신의 길을 세우는 일이다. 그리고 뒷사람에게는 앞서간 사

람의 발자국이 곧 길이므로, 자신과 세상을 사랑하는 사람이라면 당연히 갈 수밖에 없는 길이기도 하다. 이 자기 세계의 구축과 자신을 둘러싼 세계의 탐구 의지는 역사 속의 시인의 존재 의의와 적극적인 역할에 대한 긍정적인 관점에 닿아 있다.

김윤현 시인은 당대를 살아가고 증언하는 시인의 시대적 책무와 자기 세계 구축이라는 두 가지 과제에 충실하게 답하면서 시단에 첫발을 들였다. 첫 시집 『창문 너머로』(1988)에는 5공화국 독재 치하에서 교사로 살아가는 시인의 양심과 저항이 바탕으로 깔려 있고, 『사람들이 다시 그리워질까』(1996)는 군부독재를 넘어 정치적 민주화를 향해 가는 길목에 덮친, 이른바 초국적 자본들이 주도하는 세계화의 파고 앞에서 갈등하고 길을 찾아 고뇌하면서도 "언제나 흔들리지 않는 몸짓으로 / 언제나 꿋꿋한 뜻으로 떠 있는" 별들을 바라보며 길을 탐색하는 언어들로 채워져 있다. 여기 수록된 「산새」, 「신천의 꿈」, 「봉양동」, 「우리가 어느 별에서」 등 여러 편의 연작시에서 우리는 현실에 대한 그의 끈질긴 탐색 의지와 형상 역량을 읽을 수 있으며, 동시에 모순된 현실에 대한 분노와 소외된 사람들과 농촌에 대한 연민이 그의 시를 이끌어가는 힘이란 걸 느낄 수 있다.

그의 시에 새로운 면모가 나타나기 시작한 것은 우리 현대사상 처음으로 평화적 정권 교체를 가져온 이후인 2000년 봄에 나온 『적천사에는 목어가 없다』에서였다. "세상을 아름답게 하는 일이라면/나지막하게라도 꽃을 피우겠습니다/꽃잎을 달고 향기도 피우겠습니다"(「채송화」) 같은 선언이나, "내 한 몸 없어져 세상이 달짝지근해진다면/아무도 봐주지 않는 초승달처럼 가리/내 한 몸 녹아 그대 잔치 빛나는 일이라면"(「설탕만큼」) 같은 결의는 이전과 변함없이 이어지고 있지만, 시적 주체의 목소리가 차분히 가라앉으면서 자신에게로 향한 내적 각오를 담은 시어가 보다 치밀하게 펼쳐지고 있다.

이와 함께 주관적인 시각에서 사물을 보던 시에서 탈피하여 사물의 자리에서 자신과 세상을 바라보기 시작했다는 점도 큰 변화이다. 이것들은 시대의 변화와 더불어 시인이 자신과 세계를 찬찬히 살펴볼 여유를 되찾고 있음과 무관하지 않아 보이는데, 이때 사물을 시인의 주관적인 의식을 표현하는 도구가 아니라, 관찰 탐구의 대상으로 삼기 시작했다는 점에서 시인이 '자기 세계'를 새롭게 구축해 나가는 출발점으로 여겨진다.

하지만 사물에 대한 집중적인 탐구를 통한 주목할 만한 시적 변모는 그의 시집 『들꽃을 엿듣다』(2007)에 와서 이루어진다. 이 시집은 '들꽃 시집'이라 불러야 마땅할 만큼

온통 들꽃 노래로만 구성되어 있다. 백두산 들꽃 트레킹을 다녀올 정도로 평소 들꽃에 대한 애정이 남달랐던 결과이긴 하지만, 이 시집에 수록된 아름다운 작품들은 많은 독자들의 가슴에 산뜻하면서 깊은 울림을 남겼다.

그의 시에서 '들꽃'은 초기 시에서처럼 현실에 대응하는 시인의 주관적 의식을 드러내면서 상징이나 은유로 기능하는 시어가 아니라, 일상에서 만나는 생생하게 살아 있는 생명체이며 하나의 실체이다. 그 실체를 만나기 위해서 그는 카메라 렌즈를 가까이, 더 가까이 들이대는 것이다. 이것이 중요하다. 어두운 현실 너머 높고 '먼 곳'을 바라보던 시인의 눈은 이제 자기 눈높이, 또는 그보다 낮은 곳에 존재하는 들꽃들을 무릎을 굽혀서 만나는 것이며, 현실의 분주함과 눈앞의 문제 해결을 위해 뛰어다니느라 그냥 무심코 지나칠 수밖에 없었던 그들을 자신과 동등하게 만나고 사랑하는 것이다. 그리고 그 만남의 깊은 체험을 시로 쓸 때 그는 자신을 돌아보고 삶을 사유하기 시작한다.

그의 '들꽃'은 우주(지구)에 널리 편재하는 사물로서, 이를 관찰하고 감각하고 겪어 내면서 자신과 세상을 인식하여 지식과 지혜를 캐내던 지난날 동양 지식인들의 격물치지格物致知의 대상에 비견될 수 있다. 김윤현 시인은 들꽃(사물)을 곡진한 마음으로 만나 관찰하고 시인의 열린 상상력과 직관으로 자신 또는 세상을 연결시키는 통로를 자연스럽게 찾아낼 줄 아는 시인이다. 이때 그의 시는, "우주 만물이 똑같은 하나의 기氣로 되어 있기 때문에 인간[人]과 모든 사물[物]은 커다란 한 몸의 부분에 지나지 않는다"는 동양의 인물동성론人物同性論의 자리에서, 들꽃과 시인 자신을 한 몸으로 여기어 사랑하며, 자신의 눈과 몸을 낮추고 들꽃을 통하여 삶의 지혜를 찾아 온 시인의 지극함이 빚어낸 아름다운 결정체로 보아도 좋을 것이다.

너를 오래 바라보고 있으면
숨소리는 작은 꽃잎이 될 듯도 싶다
너를 오래오래 보고 있으면
귀는 열려 계곡 너머 돌돌돌 흐르는 물소리
다 들을 수 있을 듯도 싶다
아, 가지고 싶었던 것들 다 가진 듯
내 마음속에 등불 하나 환히 피어나
밤길을 걸을 듯도 하다
마음으로 잡고 싶었던 것들
이제는 다 놓아줄 것도 같다
너를 보고 있으면

—『들꽃을 엿듣다』 중 「노루귀」 전문

따뜻하고 부드럽다. 바로 곁에서 노루귀를 보는 듯하고

쪼그려 앉아서 그 음성을 듣는 듯하다. 시인은 이제 세상에서 익혀 온 자신의 말을 거두고 노루귀의 말을 듣는 자리에 서 있다. 겸허한 자세로 대상과 평등한 대화를 하는 가운데 삶의 지혜에 이르는 모습을 보여주고 있다. 김윤현 시인의 시는 여기서 한 고개를 넘고 크게 깊어진다. 사물에 대한 치열한 탐구를 통해 시인의 세계가 아름답고 견고하게 구축되는 모습을 우리는 보고 있는 것이다.

인식 대상의 확대, 비움과 중용

들꽃을 통해 자신과 세계를 인식하고 자기 세계를 구축해 온 시인은 『지동설』(2010)과 『발에 차이는 돌도 경전이다』(2017)를 통해 그 대상을 확대해 나갔다. 들꽃뿐 아니라, 움직이는 사물(「새들」…)을 포함하여, 산과 강, 노을, 계곡, 돌, 돌탑 등 일체의 크고 작은 사물들이 그의 렌즈 안으로 마구 몰려들어 왔다. '들꽃' 명상을 통해 단련된 그의 격물치지의 도道는 이제 스스로를 '낮춤'과 '사랑'에 더하여 '비움'의 세계를 전하기 시작했다.

> 욕심을 깃털처럼 여기며 난다
> 앞서다가 힘이 부치면 뒤로 가고

뒤서다가 힘이 나면 앞서서 난다
함께하여 힘을 더하는 저 날갯짓
필요한 분량만 먹고 가볍게 날아
창공을 무사히 왔구나, 다들!

—『지동설』 중 「새들」 전문

"필요한 분량만 먹고 가볍게" 머나먼 창공을 날아온 철새들을 보면서 시인은 "욕심을 깃털처럼 여기며" 살아가는 놀라운 지혜를 상기시킨다. 누구나 아는 이야기지만 말처럼 제어하기가 쉽지 않은 '욕심'이라는 거울을 우리 앞에 들이대고 있는 것이다. 인간의 역사는 '욕심'을 충족시켜 온 역사이면서 동시에 '욕심'에 대한 제어가 얼마나 중요한지를, 오랜 시간 동안 지배세력들이 구축해 온 억압적 사회구조와 침략 전쟁, 과식과 기아로 병든 지구 등, 인간 사회의 모든 비극을 통해 빼저리게 확인해 온 역사다. 시인은 그 욕심을 넘어설 수 있는 지혜의 가능성을 '돌'과 '돌탑'을 통해 확인하고 있다. "모였다가 흩어지는 것이 세상일이"(「돌탑 1」)며, 높은 "탑 꼭대기에는 아무것도 없"을 뿐 아니라, "돌이 될지 탑이 될지는 마음에 달려 있"으므로 탑 또는 돌을 고집하는 것 자체가 무의미하고, 단지 "정성껏 쌓는 일", 그것만이 문제일 뿐이라는 것이다. 여기에 '욕심'이 끼어들 자리는 없다. 오히려 "허공은 텅텅 비어서 더 푸르"(「돌탑 2」)고 "세상은 가득 차지 않아서 살 만한 곳"이라는 깨달음은, "돌 하나 더 얹어놓는 일"과 "마음 속 돌 하나 덜어내는" 일이 같은 것이라는 깨달음으로 이어지며, 결국 우리에게 '비움'이 가져다줄 더 큰 '자유'自由(욕심으로부터의)와 '평화'平和(욕심이 촉발하는 갈등으로부터)의 가치를 돌아보게 하는 것이 아닐까 싶다.

하지만 시인은 온갖 욕망이 뒤섞여 혼란스러운 일상 속에서 한쪽으로 치우침이 없고 모자람도 넘침도 없는 일상의 평정, 평화의 상태, 곧 중용中庸의 도道에 이르는 길이 결코 쉽지 않다는 것을 일찍이 '자전거'를 배우면서 깨달은 적이 있다. "오른쪽으로 기울면 오른쪽으로 넘어지고 / 왼쪽으로 기울면 왼쪽으로 넘어지"(「자전거 2」)는 것이 자전거이고 보면 그만큼 균형 감각이 중요한 것처럼, 일상에서 균형을 유지하는 것은 필요하면서도 결코 쉽지 않은 일이다. 그래서 시인은 "골조 같은 이데올로기 세우지 않고 / 좌우 구분 없이 살아온"(「들꽃에 대한 소견」) 들꽃을 보면서 "아름답다"고 감탄하는가 하면, 의식적으로 "반대편으로" 걸으면서 스스로 중심을 잡아 보기도 한다.

요즘 와서는
자꾸만 반대편이 그리워진다
내가 볼 수 없는 또 다른 나

육체를 건너뛴 그 너머 영혼
질문에 대한 엉뚱한 응답이며
지구 반대편에 사는 사람들과 풍경
아아, 낮에는 별이 하늘을 가득 채우는 밤이 그립고
더 이루려는 미래보다 없어서 더 정겨웠던 과거
내세우기만 했던 앞보다 받쳐 주기만 한 뒤가 더 그립다
너무 나아가기만 했던 걸까
자꾸만 반대편으로 걷고 싶을 때가 있다
햇볕을 쬐려 나아가기보다 햇빛이 들 때까지 기다리며
무엇을 뒤집어 보려는 걸까
반대편을 향하는 그리움이 내게는 있다

—「반대편을 향하여」 전문

하늘은 너무 높아 바다까지 내려갈 수 없었고
바다는 너무 깊어 하늘까지 올라갈 수 없었다
서로에게 다가가고 싶은 마음은 높고 깊어
하는 수 없이 중간에서 만나기로 했을 터
수평선이었다, 중용을 생각한 것일까
무수한 파도 뒤에 자리한 일직선
수평선은 다가서면 다가선 만큼 멀어진다
중용에게 다가서기가 어려운가 보다

—『발에 차이는 돌도 경전이다』 중 「수평선」 부분

아무런 생각 없이 만나는 수평선도 그에게는 중용의 도를 깨치는 대상으로 열려 있는 시선 안으로 들어온다. 이처럼 평상심으로 떳떳함을 유지하려는 태도는 시인의 타고난 성품으로 보이며, 이는 사물과 세계를 편중되지 않고 온전히 바라보기 위해 갖추어야 할 중요한 덕목이라 할 수 있을 것이다. 또한 "조금이라도 현실에 안주하지 않고 게으르지 않으며, 낡고 구태의연한 보수주의자로 전락하지 않으려는 시인의 준열한 시적 태도의 진정성"(고명철)을 보여 주는 일이라 할 수 있다.

중심에서 중용으로

일상 삶에서의 '중용'에 대한 성찰은 이번 시집 『반대편으로 걷고 싶을 때가 있다』에서도 중요한 부분을 차지하고 있다. "중용에 다가서기 어려"(「수평선」)움을 확인한 데서 출발하여 시인은 명상과 탐색을 집중적으로 수행한 듯하다. 그는 "저런 중용을 이루겠나 의심하"던 중(「가벼운 깨달음」)에 바위, 돌, 나무, 구름, 하늘을 대상으로, 그들이 어떻게 중용을 이루고 있는지 명상을 통해서 다음과 같은 깨달음에 도달한다.

바위는 죽은 듯이 제자리 지키는 거라 하고
돌은 오랜 세월 흐르는 물에 모난 것 덜어 내는 거라 하고
나무는 잎으로 세상을 푸르게 하는 거라 하고
구름은 한곳에 얽매이지 않는 거라 하고
하늘은 내려오지 않고 땅은 올라가지 않는 거라 하기에

—「가벼운 깨달음」 부분

"그제서야 고개가 조금 끄덕여"졌다고 고백한다. 물론 자기 내부에서 울려오는 마음의 소리였을 것이다. 사물에 대해 끈질기게 궁구한 끝에 도달한 지혜이다. 이 지혜를 바탕으로 시인은 '묵상'을 거듭하여 자신의 일상 삶에서 스스로 추구해 갈 중용의 모습을 구체화하여 섬세하게 그려 낸다.

높이 있어도 높이의 뻣뻣함을 드러내지 않는

낮은 곳에 있어도 낮다는 생각에 매몰되지 않는

높이 있어도 낮은 곳으로 마음이 내려가 있는

낮은 곳에 있어도 높은 곳으로 눈을 돌리지 않는

높은 곳에 있어도 낮은 곳의 그늘을 헤아리는

낮은 곳에 있어도 낮은 곳 어둠의 무게에 눌리지 않는

높은 곳에서도 높은 자리 흩트리지 않는

낮은 곳에 있어도 정갈한 눈빛 잃지 않는

그런

—「묵상」 전문

이 시에서 시인은 어떤 조건이나 상황에서도 겸허하고 당당한, 눈빛의 정갈함을 잃지 않는 자유자재한, 자유인으로 살아가는 모습이랄까, 도달하기가 쉽지 않은 정신의 깊이와 나날이 수행으로 닦아야 하는 도달점을 잘 그려 보여 주고 있다.

하지만 시인의 명상은 여기서 그칠 수가 없다. 시인은 '중심'과 '중용'의 문제에 대해 사색하기 시작한다. 가운데 중中 자가 공통으로 붙어 있긴 하지만 사회적·물리적 힘('중심')과 정신 가치('중용')를 한 줄에 놓는 것은 좀 어색한 만남처럼 보인다. 하지만 사회 공동체 안에서 '중심'은 분명 존재하게 마련이고, 개인은 공동체 안에서 어떤 자리에 놓여서 삶을 영위할 수밖에 없으므로 정녕 무관한 것은 아닐 터이다. 한 공동체에 안에는 중심과 변방이 존재하기 마련이고, 중심을 차지하려는 힘의 갈등은 상존한다. 중심에서 밀려나지 않기 위한 무한 경쟁에서 승자는 누리고 패자는 결국 소외된다. 그리고 궁극에는 승자도 패자도 모두 패자가 되어 공멸의 늪으로 빠져들 수밖에 없을 것이다. 이 과제에 답을 얻지 못하면 시인이 도달하고자 한 중용의 길은 혼자만의 공염불이나 구두선이 될 수밖에 없을지도 모른다.

> 변하지 않는 것들의 가운데를 중심이라 한다면
> 변하는 것들의 가운데는 중용이라 하겠네
> 중심은 편안해 보이고 중용은 깊어 보이네
> 중심은 가장자리를 이용하지만
> 중용은 가장자리도 품어 주지
> 자연은 중심 잡는 일이 일상이겠지만
> 중심에서 머물지 않고 중용으로 가는 건
> 사람의 일이겠네
> 살아갈수록 중심에 머물려고 하다가
> 중심도 제대로 잡지 못하는 때가 종종 있었네
> 괜찮은 사람으로 살기가 그리 쉽지 않네
>
> —「중심과 중용」 전문

'중심'이 서로 부딪치는 힘과 갈등의 중심이라면 중용은 그런 갈등을 넘어 "가장자리도 품어 주"는 것이다. 시인은 "변하지 않는 것들의 가운데"이며 "편안해 보이"는 중심으로 나아가기보다는 "중용으로 가는" "사람의 일"(길)을 선택한다. "중심에 머물려고 하다가 / 중심도 제대로 잡지 못하는", 말하자면 자기중심을 잃어버리는 때도 있었다고 고백하면서.

그러면서 시인은 새로운 패러다임, 곧 중심이 해체되거나 모두가 중심이 되는 세상을 꿈꾼다. 밤거리에 촛불 시민들이 들고 섰던 무수한 촛불들 — 중심이 해체되고 촛불 하나하나가 세상의 중심이었던 — 그 촛불 세상을 떠올렸을지 알 수 없지만, 시인은 현실 삶 속에서 그런 세상은 불가능한 꿈이 아니라는 것을 노래하고 있다. 말하자면 '중심에서 중용으로' 가야 할 삶의 방향을 독자들에게 제시하는 것이다.

> 아무도 중심에 서지 않아
> 둘레가 다 중심이 되는 세상을 꿈꾸는 걸까
> 못가 혹은 산비탈 어디에고 자잘하게 풀어놓는 삶이면 했지
> 새로운 것은 언제나 자잘한 데서 오는 법
> 모두가 둘레를 자청하고 살지
> 둘레를 키우며 아무도 중심을 차지하려 하지 않는다

경계는 또다시 경계를 낳는 법이라고
경계를 풀어내고 뒤섞여도
다시 풀밭 하나를 벗어나지 않는 일상이면 했지
여럿이 모여도 하나 같은 둘레
언제나 세상은 낮고 푸르면 했지

—「풀밭 세상」 전문

시인이 꿈꾸는 "풀밭 세상"은 '중심'을 버리고 '중용'으로 가는 세상이다. 중심을 차지하려는 욕심을 버림으로써 "둘레가 다 중심이 되는 세상", 그리고 "풀밭 하나를 벗어나지 않는" 작은 세상, 소외가 없이 함께 사는 세상이다. 모두가 자기 삶의 진정한 주인인 세상인 것이다. 그 세상에는 지금까지 그가 만났던 '들꽃'도 살고 지구의 온갖 생명들이 함께 산다. "모리셔스에서 서식하던 도도"(「도도여, 도도여!」)도 살고, '북극곰', '순록', '꿀벌'도(「잠들지 못하는 겨울」) 낮고 푸른 세상을 생명의 위협 없이 살아가는 평화 세상이다.

그 길로 가기 위하여 시인은 자신부터 일상 삶에서 패러다임 전환을 가져와야 한다고 생각한다. '빨리빨리'에 익숙해 있어서 자신도 모르게 지름길로 가려는 것을 "시간이 더 걸려도 힘이 더 들어도"(「지름길」) 둘러 가더라도 "가고 싶은 곳에 닿을 수 있"으면 된다고 생각하고, "지켜

보"고 "명상에 잠기"거나, "시행착오도 실패도" 받아들이면서, "다리가 아프면 쉬면서 가"려 한다. 또 나무를 통해서는 "단순하면서도 충만하게 사는 삶"(「나무 2」)을 배우는가 하면, 저수지에서 "스스로 정해 놓은 양을 채우고 나면 / 더 욕심을 부리지 않는"(「물길」) 절제를 배운다. "느리게 산다는"(「중얼중얼」) 것을 "축복"으로 생각하고, "무소유는 아니더라도 때로는 뺄셈"을 더 편하게 느끼면서, "더 이루려는 미래보다 없어서 더 정겨웠던 과거"(「반대편을 향하여」)를 생각하는 것이다. 이것은 우리가 한쪽으로만 너무 멀리 나와 버려서 반쪽을 잃어버리고 사는 데 대한 반성이면서 '어떻게 살 것인가'라는 명제에 대해 중용적 가치를 살려 나가려는 시인의 수행 활동의 모습으로 보아도 좋을 것이다.

다 경(經)이고 경인 것을

삶의 과제를 해결하기 위해 시인은 팔공산 '갓바위'나 '탑리리오층석탑'에서도 진지하게 명상을 수행한다. 갓바위 석불과 신도(또는 승려)와의 선문답 같은 대화에서 "나를 버려 나를 얻"(「갓바위에 묻다」)는 깨달음을 설파하고 있으며, 탑리리오층석탑을 만나서는 붓다의 부재에 대한 명상을 펼치고 있다. 그는 "대웅전이 없으니 탑 부근이 다 대웅전이라 여기면"(「탑리리오층석탑」) 될 것이고, "소나무 한 그루, 패랭이꽃, 편하게 돋아 있는 풀, 주변으로 보이는 민가들이 붓다를 대신하고 있"으니 곧, 온 세상이 모두 붓다이니 "붓다는 오지 않아도 괜찮겠다"고 생각하고, "탑리리에는 오층석탑만 있어도" 충분하다고 한다. 비어서 가득 찬 세계가 이런 것일까. 깨어 있는 눈으로 보면 모든 사물들이 도道에 이르는 길을 안내하는 '경'經이라고 말하고 싶은 것일까.

가야산에 가 보았더니
산 위에도 산이 있고 산 아래에도 산이 있었네
다시 보니 산 앞에도 산이 있고 산 뒤에도 산이 있었네
산은 위아래, 앞뒤를 문제 삼지 않았네
위에도 산이 있는 줄 모른 채 아래에 있는 산은 적멸을 즐기고 있었고
제일 뒤에 있는 산은 아는 것 다 버린 듯 겸손을 쌓고 있었네
누가 저 산의 앞뒤, 위아래를 저울질하겠는가
저 산들이 바다에 비춘 그림자를 누가 헤아리겠는가
산 첩첩이 다 경經이고 경인 것을

—「가야산 해인사」 전문

그의 시어는 물처럼 술술 흘러서 막힘이 없다. 이제 그는 힘을 빼고도 그 힘이 울림을 더 크게 전하는 자유자재한 상태로 들어온 듯하다. 보통 사람들이 보기에 마치 서화가들이 붓을 아무렇게나 휘둘러도 놀라운 글씨와 그림이 되듯이, 그리고 어떤 시인들이 "시를 쓴다"고 하지 않고 자연이 부르는 대로 "받아 적는다"고 했듯이, 김윤현 시인의 시는 시인의 안에 누군가 있어서 그가 부르는 대로 받아 적는 것 같은 느낌을 준다. 그의 근래 낸 시집 『대구, 다가서 보니 다 詩였네』(2021)에 수록된 「달인」에서 "금호강"이 "길게 쓴 한 일一 자"의 모습을, "산과 들판을 지나면서 전예해행초를 다 섭렵하고 / 이제는 자유자재로 쓰는 자유체의 달인"으로 묘사했는데, '아, 이렇게 써도 시가 되는구나' 싶을 정도로 그의 시가 지극히 자연스러운 경지에 들어섰다는 것으로 나는 해석한다. 이러한 필법은 예전부터 그의 손에 익어 온 것이지만, 그가 한국 서화에 관심을 갖고 정진하는 가운데 더욱 자연스럽게 몸에 붙은 듯하다.

김윤현 시인은 '어떻게 살 것인가' 하는 명제를 늘 가슴에 안고 시를 써 왔다. 그 명제는 시대의 대의에 부응하여 교육 현장에서, 문학운동의 현장에서 자신의 목소리를 낼 때부터 지금까지 일관되게 견지해 오면서 자기의 시 세계를 구축해 온 중심 주제라 할 수 있다. 2000년 이후 그의 시는 보다 사물의 물성과 생명력에 밀착되어 가까이 겪으면서 자신을 낮추어 성찰하는 시를 쓰기 시작했고, 스스로를 비우고 내려놓으려 하며, 경계를 허물고 사물과 세상을 뒤집어 보고 일상에서 중용으로 사는 법을 체득하려는 명상 수행을 시와 더불어 계속해 왔다. 최근에 나는 그의 타고난 예술적 기질이 대금 연주와 한국서화 창작에서 뚜렷이 발휘되는 것을 지켜보면서, 그동안 그가 씨를 뿌리고 가꾸어 풍성하게 수확해 온 이 시들도 아마 그의 천성이 시킨 일일 거라고 생각한 적이 있다. 그런 의미에서 최근의 그의 시는 가장 그다운, 그의 본성에 가까운 시들이라 할 수 있다.

그는 "발에 차이는 돌도 경전"이라고 노래했지만, 그의 시 어느 페이지를 펼쳐 보아도 사물과 세상에서 캐낸 지혜가 들어 있지 않은 시가 없을 정도이고 보면, "다가서 보니 다 시"였고, 만나는 사물이 "다 경經이고 경"이라는 그의 시가 결코 예사말이 아님을 나는 느끼고 있다.

흔히 시는 "말할 수 없는 것을 말하고, 보이지 않는 것을 그리는" 양식이라 일컬어지는데, 그의 시어가 "그려서 반, 그리지 않아서 반"인 묵죽(「반반의 묵죽」)이나, "완성을 버려 완성에 이르"는 (「판전」) 추사의 고졸古拙을 닮아 간다면 그의 시가 어떤 모습으로 우리 앞에 나타나게 될 것인지 벌써 궁금해진다.

산의 초입에 이르기도 전에 날이 저물어 버린 느낌이다. 시집의 반쪽을 겨우 넘겼는데 벌써 덮을 때가 되었으니……. 연필을 그만 던지고, 시인의 청아한 대금 한 자락을 청해 들으며 벗들과 둘러앉아 박주 한잔 나누고 싶다. 귀한 시집 발간을 축하하면서.

시인의 말

안 그런다고

안 그런다고 다짐해 놓고

시에다

또

잔소리만 잔뜩 퍼붓고 말았다.

김윤현 시집
반대편으로 걷고 싶을 때가 있다

초판 1쇄 발행 2022년 9월 30일

지은이 김윤현
펴낸이 오은지
책임편집 변홍철
편집 오은지 변우빈
펴낸곳 도서출판 한티재 등록 2010년 4월 12일 제2010-000010호
주소 42087 대구시 수성구 달구벌대로 492길 15
전화 053-743-8368 팩스 053-743-8367
전자우편 hantibooks@gmail.com
블로그 blog.naver.com/hanti_books
한티재 온라인 책창고 hantijae-bookstore.com

ISBN 979-11-92455-14-3 03810

책값은 뒤표지에 있습니다.

이 시집은 2022 대구문화재단 문학작품집발간지원사업으로 발간되었습니다.